KB129804

하늬바람에 돛단배

저자 이광옥

내 마음의 글을 담아   님께 드립니다.

드림

목차

들어가며 • 6
하늬바람에 돛단배 • 7

PART 1   그리움으로 채우다

하얀 그리움 • 10   그리움을 연다 • 11   서글픈 인생 • 12

나를 위로하는 글 • 14   고독 쓸쓸함 그리고 외로움 • 15

멈출 수 없는 세월 • 16   그리운 임 • 17   삶 그리고 추억 • 18

허전한 마음 • 19   내 마음속 그대 • 20   그대가 내 곁에 있으매 • 21

그대를 향한 마음 • 22   추억을 들추다 그리움을 연다 • 23

인생길 • 24   그리움으로 채워진다 • 25   덧없는 인생 • 26

내일 • 27   빗방울 소리 • 28   슬픔 • 29   바람에 기대어 살리오 • 30

인생 나그네 • 31   그리움을 전하다 • 32   그리운 목소리 • 33

친구의 바다 • 34   배려하는 마음 • 35   늦여름 밤의 꿈 • 36

정적의 시간 • 37   파도 이야기 • 38   물장난 • 39   가파도 • 40

추억의 바닷가 • 41   외로움 • 42   겨울밤 • 43   일몰과 일출 • 44

채색의 시간 • 45   하루의 끝자락 • 46   내 안의 바다 • 47

코스모스를 보니 친구가 생각난다 • 48   보내는 마음 • 49

친구야, 와인 한잔하고 가게나 • 50   슬픈 삶 • 52

친구여 편히 쉬소서 • 54   겨울을 맞이하는 나 • 56

PART 2 봄, 여름, 가을 그리고 겨울

봄을 기다림 • 60   봄이 오는 소리 • 61   봄 마중 가자 • 62

봄 내음 • 63   봄 • 64   꽃망울과 입맞춤 • 65

바닷가에서 봄을 기다린다 • 66   봄바람 • 68   입춘시샘 • 69

찬란한 봄 • 70   봄 향기와 입맞춤 • 71

나를 슬프게 하는 매화꽃 • 72   하늘 꽃으로 핀 벚꽃 • 73

변산바람꽃 • 74   봄의 귀환 • 75   노루귀의 유혹 • 76

그리운 봄 • 77   봄의 왈츠 • 78   동백꽃 • 79   내 마음의 봄 • 80

기다리는 봄 • 81   산수유꽃 • 82   슬픈 봄 • 83

봄은 향기로 느낀다 • 84   개암사의 봄 • 85   장맛비와 수채화 • 86

백련꽃 • 87   가을로 가는 길목 • 88   가을이 오면 • 89

가을 아침 • 90   가을 풍경 스케치 • 91   가을과 구름 • 92

가을날의 그리움 • 93   추색 • 94   가을 하늘에 낙서 • 95

색바람과 단풍 • 96   떠나는 가을 • 98   나 또한 낙엽인 것을 • 99

가을 이야기 • 100   가을과 작별 • 101   기다림 • 102

하얀 아침 • 103   얼어붙은 마음 • 104   부탁 • 105

겨울 연가 • 106   깨달음 • 107   눈 내리던 날 • 108   가야산 • 109

첫사랑 같은 지리산 • 111   산 사랑 • 112   애인 같은 산 • 113

바래봉과 나의 여정 • 114   덕유산 눈꽃 • 115   봄이 오는 소리 • 116

PART 3   삶 그리고 추억을 회상하다

삶 • 120   삶의 행복 • 121   포기할 수 없는 삶 • 122

나만의 길 • 123   나그네 인생 • 124   나는 내일을 꿈꾼다 • 127

나를 외면하고 말았다 • 128   나와의 약속 • 129

내가 나에게 바라는 삶 • 130   삶이라는 추억의 책장을 넘기다가 • 132

뒤늦은 후회 • 133   검은 먹구름 • 134   손녀와 사랑 • 135

손녀에게 • 136   손주의 여행길 • 137   어느 봄날 • 138

할아버지 사랑 • 139   부모님 • 140   어머니의 미소 • 141

그리운 어머니 • 142   사랑하는 아부지 • 143

내가 존재해야 하는 이유 • 144   내 고향 선유도 • 146

신선이 놀고 간 섬 • 149   망주봉 이야기 • 150   그리운 고향 • 152

잊힌 고향 • 153   추억 • 154   고향 선유도로 돌아가고 싶다 • 156

고향 풍경 • 158   숨바꼭질 • 159   바람 부는 섬 • 160

고향의 바다 • 161   하루의 보상 • 162   반영 • 163

그리움에 찾아온 고향 • 164   고향의 저녁 8시 • 165

고향의 여름 바다 • 166   그리운 산 망주봉 • 167

선유봉과 칠산바다 • 169   외로운 섬 계도 • 170   겨울 똥섬 • 171

PART 4   나의 일상의 글을 옮기다

추억과 사랑 • 174   바다를 마음에 담아봅니다 • 175

꿈을 캐는 사람들 • 176   그대의 행복 • 178   나만의 색 • 179

자신과 대화 • 180   진실한 마음 • 181

그곳에서 마음을 비우고 싶다 • 183   풍경 속의 추억 • 184

바람과 추억 • 186   소중한 하루 • 187

가슴으로 하루를 안고 싶다 • 188   가을 향기를 전해주고 싶었는데 • 189

가을 속에 묻고 싶은 아픈 추억 • 190   최고의 선물 • 191

단풍잎에 비친 추억 • 193   아쉬움이 많은 가을을 보내면서 • 194

새로운 계절을 맞이하면서 • 196   연인 같은 산 • 197

눈이 내린다 • 198   삶의 짐 • 200   무심한 세월 • 201

내 삶이 힘들면 여행을 떠나라 • 202

오늘은 나만의 공간에서 그간 사용하던 블로그를 정리하고 새로운 책으로 "하늬바람에 돛단배"를 띄우는 날이다.

《하늬바람에 돛단배》는 일상에서 나의 시선에 보이는 자연과 사물들을 나 자신의 것으로 만들어 흔적을 남기고자 소박하게나마 작게 남긴 기록이다.

나 자신이 추구하는 삶을 여행과 자연 속에서 동행하며 살아가는 모습을 간직하고 싶어 삶의 이야기를 기록하였고, 나의 글에 공감하는 이웃을 만나 그 속에서 행복을 찾고 싶은 마음에서 하늬바람에 돛단배를 인생의 바다에 조심스럽게 띄워본다.

하늬바람에 돛단배

여기 잠시 머물다 가세요
하늬바람에 돛단배에서 머물다 가세요
그대 마음속에 돛단배를 띄우고
하늬바람에 돛 달고 천천히 노 저으며 머물다 가세요

여기 잠시 쉬었다 가세요
하늬바람에 돛단배에 닻을 내리고
돛단배가 전해주는 이야기와 우리 정겨운 이야기 나누며
하늬바람에 돛단배에서 쉬었다 가세요.

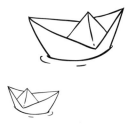

PART 1

그리움으로
채우다

하얀 그리움

비탈진 언덕 위 작은 집 하나
모락모락 피어나는 하얀 연기는
하늘 향해 흩날리는 하얀 그리움

나는 보았네
그리운 얼굴

보글보글 된장찌개 구수한 냄새는
문간 옆 텃밭에 일하는 당신을 부르는 소리

나는 알았네
하얀 그리움

그 하얀 그리움은
네게 사랑 가득한 기다림이었네.

그리움을 연다

볕 좋은 가을날
한 가닥 바람 끝 전해지는 갯내음에
지그시 눈을 감고
그리움을 연다

즐겁고 아름다운 그 시절
아지랑이 피어오르듯 떠오르고
다시 돌아갈 수 없는 추억을 붙잡고
그리움을 연다

가을볕
빨랫줄에 매달린 생선처럼
잊힌 지난 추억은 줄줄이 엮인 채
내게 그리움으로 다가온다.

서글픈 인생

서럽다
높은 하늘아

서럽다
흘러가는 구름아

서럽다
흐르는 강물아

서럽다
바람에 나부끼는 갈대야

서럽다
빨리 가는 인생아.

나를 위로하는 글

나를 위로하는 벗은
만나면 반갑고

추억은
그리움을 안겨주어 고맙고

내리는 비는
내 마음을 헤아려줘서 고맙고

봄은
내 마음에 생명을 불어넣어 고맙고

꽃은
나에게 향기를 전해주어 더 고맙더라.

고독 쓸쓸함 그리고 외로움

고독하다는 생각은
아직 작은 소망을 가슴에 품고 있다는 것이다

쓸쓸하다는 생각은
누군가 그리워하는 마음에서 비롯된 것이다

외롭다는 생각은
아직 삶을 포기하지 않고
새로운 인생을 꿈꾸고 있다는 것이다

나, 그 공허한 마음에
희망이란 불씨를 살리고 싶을 뿐이다.

멈출 수 없는 세월

책장을 넘기듯
너무도 빨리 가는 세월
그 세월 빠르다고 해서 잡아둘 수 없구나

거울 앞에 선 내 모습
이마에 주름살
검은 머리에 서리 내리고
나, 그 모습 담담하게 받아주리라

세월아
서둘러 길 떠나지 말고
잠시 멈추거라
오랜 시간 동안 거부한 내 삶을 끌어안고
너와 동행하고 싶구나.

16

그리운 임

저녁놀 스러지는 금빛 바다
고깃배 만선을 꿈꾸며 항구를 떠나고
나는 저녁노을 가슴에 품고
옛 추억 생각하네

저녁노을 사뿐히 지르밟고
그리운 임 생각
행여나 잊힐세라
노을 위에 띄워본다

수평선 너머 저편은 다른 세상
행여 그곳에 임이 살고 있으려나
수평선 하늘 위 뜬구름아 내게로 다가오렴
저기 저 구름 잡아타면
그리운 임에게 데려다줄 텐데….

삶 그리고 추억

차가운 겨울바람 가슴에 안고서
뒤돌아본 여정 연기처럼 피어오른다
동화 같은 어린 날의 추억 떠올리며
희미해진 옛 추억을 그리워한다

어느새 세월이 흘러 중년이 되었건만
알 듯 모를 듯 나의 인생사
끊임없이 밀려오는 파도 속에 침묵이 흐르고
차가운 겨울 바닷가 갯바위에서
변해가는 내 모습에 나는 서럽기만 하다.

허전한 마음

가슴 가득 쏟아내는
따사로운 가을 햇살
푸르던 나뭇잎 곱게 채색되어
어느새 어여쁜 주홍빛 공주가 되었구나

너를 바라보는 내 마음
외로운 화신이 되었고
허전함이 쌓여가는 내 마음
이제 지난 추억은 그리움으로 남는구나.

내 마음속 그대

태양은 나의 등허리에 젖고
백사장 두 다리 사이로 밀려드는 바닷물은 모래를 뒤척인다
나는 온몸으로 붉은 노을을 가슴에 품고
내 체온마저도 끌어올린다

바다를 향해 두 팔을 들어 뻗어 올린 나
내가 숨 쉬는 한
내 마음속 그리움 하나 있어
바다는 언제나 그대라고 나는 외친다.

그대가 내 곁에 있으매

그대가 내 곁에 있으매
봄을 잉태한 어린 새싹마저도
내게는 아름다운 풍경이었습니다

그대가 내 곁에 있으매
작열하는 태양마저도
내게는 아름다운 풍경이었습니다

그대가 내 곁에 있으매
떨어지는 낙엽마저도
내게는 아름다운 풍경이었습니다

그대가 내 곁에 있으매
눈보라 치는 차가운 겨울밤마저도
내게는 포근한 밤이었습니다

그대가 내 곁에 있으매
나는 언제나 행복했습니다.

그대를 향한 마음

나 그대에게 내 사랑을 바칩니다
힘이 든 나를 이해해주고
내가 필요로 하는 것을 내게 내어주는 그대에게
내 사랑을 바칩니다

내 인생에 희망이 되어준 그대에게
내 마음 모두를 보여드립니다
나를 포근하게 감싸 안은 그대여
그대의 따뜻한 포옹에 나는 희망을 얻었습니다

그 숱한 시간 동안 당신은 내 삶의 일부가 되었고
그 삶 또한 아름다운 추억으로 남게 되었습니다
이제 난 그대 앞에 서 있습니다
내게 친구가 되어 다가온 그대가 정말 사랑스럽습니다
나를 친구로 받아준 그대에게 내 사랑 전부를 바칩니다.

추억을 들추다 그리움을 연다

내 앞에 우뚝 솟은 산은 아버지요
내 앞에 펼쳐진 넓은 바다는 어머니라
묵묵히 서서 당신을 바라볼 적마다
내 작은 가슴은 마냥 아립니다

어제의 외로움마저도
오늘 이 순간은 그리움이 자리하고
내 앞에 우뚝 솟은 산과 넓은 바다
당신을 바라만 보아도
이내 마음 허전하지 않은 것은
이제 내 가슴속 쌓여가는 그리움은
추억이기 때문입니다.

인생길

가던 길 멈춰서 뒤돌아보니
다시 돌아갈 수 없는 어슴푸레한 내 인생길

보일 듯 말 듯한
한 줄기 작은 바람에도 나는 흔들렸고
지난 세월 아픔의 시간을 다 품고서
난 여기에 이렇게 서 있네

두 번 다시 오지 않는 나의 인생길
난 오늘도 새로운 인생길을 찾아 외로운 길을 떠나네.

그리움으로 채워진다

그리움에 바라보고
그리움에 다가가 기웃거리고
대문 앞 사각의 작은 공간 빨간 우체통은
오늘도 텅 비어 있다

한때는 내 삶의 희망이었던 빨간 우체통은
나를 미소 짓게 하였고
오늘 가늠할 수 없는 나의 마음
나는 빨간 우체통 너의 앞에서
그리운 사람의 얼굴을 떠올린다
아직 내 가슴속에 남아 있는
너의 그리움
그 잔해는 하루하루 빨간 우체통 작은 공간에
그리움으로 채워진다.

덧없는 인생

저 파란 하늘에
떠가는 하얀 뭉게구름처럼
내 삶 또한 정처 없이 떠가는 구름 나그네

구름아 구름아 뭉게구름아
게 잠시 멈추어 나랑 동행하자꾸나
나 또한 너처럼 덧없는 인생인 것을.

내일

땅거미가 내리고
어둠이 주는 차가움 속에
바다는 어느새 와인빛 노을에 취해 있었다
나는 검붉은 바다를 가슴에 품고
행복한 내일의 삶을 꿈꾸며 하루를 보낸다.

빗방울 소리

빗방울 소리가 무척이나 크게 들린다
처마 밑 댓돌에 떨어져 부서지는 빗방울 소리
슬픔에 젖어 멍하니 바라고 있는 나를 일깨우는
빗방울 소리다
그 소리는 어떤 소리보다도 고독에 빠진 나를 일깨우는
숨소리처럼 들린다
그 소리는 바로 빗방울 소리!

슬픔

떠나자
슬픔을 눈 속에 묻어두고
떠나자
또 다른 계절로
이내 맘 겨울에 쫓겨
봄의 문턱을 기웃거리건만
겨울은 나를 붙잡고 눈꽃을 뿌리네
어쩌면 저 눈꽃이 바람과 함께
나의 슬픔을 가져갈지도 몰라.

바람에 기대어 살리오

바람이 분다
어제도 오늘도 내일도
바람에 이끌려 빙글빙글 돌고 또 돈다
어찌 내 마음대로 내 뜻대로 돌리오
난 바람에 맡긴 바람개비 인생인데

노을빛 가득 안고 밀려오는 하얀 그리움
잡힐 듯 잡히지 않는 그리움 하나
가슴속 여미는 차가운 겨울바람에
부질없다는 생각에 체념하고서
그리움 노을빛 바다에 살며시 내려놓고
난 오늘도 바람개비처럼 바람에 기대어 살리오.

인생 나그네

바람은 들판을 지나고
구름은 산을 넘고
나는 들로 갈까
산으로 갈까
정처 없이 떠도는 인생 나그네

바람아!
구름아!
쉬어 가렴

뭐 그리 바쁘다고 먼저 가려 하느냐
너와 나 외로운 나그네인걸
우리 같이 옛 추억을 회상하며 동행하자꾸나!

_____

_____

_____

_____

_____

그리움을 전하다

세찬 바람 부는 날
바닷가 몽돌이 전해주는 이야기

알록달록 예쁜 색종이에
고운 사연 빼곡히 적어
종이학 고이 접어

살랑대는 봄바람에 실어
그리운 임에게 전해주고 싶다.

그리운 목소리

내 귀에 익은 소리는 모두가 내 친구이다

싸늘한 바람 소리

바람에 흔들리는 나뭇잎 소리

맑게 울어대는 새소리

감미로운 음악 소리

어두운 밤 골목길 누군가의 발걸음 소리까지도…

그리고 그중 내가 가장 그리워하는 소리는

바람에 흔들리는 청아한 풍경 소리도 아닌

내가 좋아하는 친구의 목소리다.

친구의 바다

푸른 바다는
친구의 바다
어제도 오늘도 내일도
푸른 바다를 달리는 친구야
알고 보면 우리 인생 그다지 길지 않다네
뭐가 그리 바쁘다고 시간에 쫓기며 살아가는가

구릿빛 얼굴 친구야
하얀 얼굴 보여주는 내가 부끄럽구려
이 세상 그 누구의 얼굴보다도
검게 타버린 친구의 얼굴이 자랑스럽다네

친구야!
산다는 게 다 그런 거지
우리 모처럼 만났는데 그냥 갈 수 없잖아
석양이 곱게 물든 바닷가에서
아련한 추억 이야기하며 술이나 한잔하세.

배려하는 마음

한 번 더 생각하자
상처 입지 않도록

한 번 더 미소 짓자
사랑하는 마음으로

한 번 더 안아보자
따뜻한 마음으로

그리하고 나니 이해가 되더라.

늦여름 밤의 꿈

깨달음도
삶의 지혜도
여행을 통해 얻고
일상에서 실천하는 삶은
내 생애 아름다운 추억으로 기억될 것이다.

정적의 시간

잠시 멈춘 듯한 시간
난 그곳에 있었다
바다가 주는 포근함과 넉넉함이 있는 그곳에 서 있었다
그리고 저녁노을을 바라보며
바람이 전해주는 추억의 이야기를 들으며
아무 말 없이 묵묵히 서 있었다.

파도 이야기

파란 하늘이 물들인 것인가
에메랄드빛 푸른 바다
하늘과 맞닿은 수평선 멀리
쉼 없이 밀려오는 파도는
그 누구의 사연인가

모래 위 펼쳐놓은 파도 이야기
그 누구의 이야기인가
가까이 다가가 귀 기울여 들으려니
하얀 물꽃 되어 사라진다.

물장난

아이야
너도 나처럼 푸른 바다가 그리도 좋으냐

아이야
파란 물에 두 손을 담그며 물장난치는 모습이
예쁘기도 하구나

아이야
파란 바닷물이 아무리 좋아 보여도
어부의 삶과 얽힌 멍 자국과 같단다

아이야
너는 언제나 푸른 바다를 가슴에 품고
하루하루를 눈이 부시게 살아가렴.

가파도

검은 돌 사이에 파릇한 풀 한 포기 돋아나 오고
강풍에 행여 쓰러질라 감싸 안는다
가파도 섬마을 논밭길 걷노라니

외롭다고 말을 할까
그립다고 말을 할까
제주도 푸른 바다 작은 섬 가파도야

넘실대는 파도를 기웃거리며
그 누구를 기다리나
제주도를 바라본다.

추억의 바닷가

파랗게 물든 하늘
작열하는 태양
은빛 모래밭
나만의 추억의 바닷가

짝 잃은 소라껍데기
주워 들어 귀 기울이니
파도 소리 바람 소리는 메아리로 돌아오네
행여 그 소리 잊을까
지그시 눈 감으니
추억만이 파도처럼 밀려오누나.

외로움

나는 홀로 있어도 외롭지 않다
그곳에는 푸른 바다와 밀려오는 파도가 있어 외롭지 않다
나는 홀로 있어도 외롭지 않다
그곳에는 따사로운 햇살과 파란 하늘이 있어 외롭지 않다
나는 홀로 있어도 외롭지 않다
그곳에는 나와 속삭이는 바람이 있어 외롭지 않다.

겨울밤

모두가 잠든 밤
짙은 방황의 어둠이 깔린 밤
가로등 불빛 사이로 흩날리는 하얀 눈만이 나를 맞이한다

지난 세월 아련한 추억은
소복하게 쌓여가는 눈 속에 묻어버린 채
난 아무런 움직임이 없다

잠이 와도 잠들지 못하고
추억을 가슴에 끌어안고서 창밖을 바라보며
깊어가는 겨울밤
나는 어둠을 외면하고 말았다.

일몰과 일출

일몰은 내일이 있기에
마지막 순간을 아름다움으로 불태우고
여명은 오늘이란 희망찬 하루가 있기에
이른 아침 밝은 빛으로 아낌없이 내어줍니다.

채색의 시간

시간은 감성을 자극하고
시간은 풍경화를 그리고
시간은 내 마음을 채색하고
그리고 시간은 내일을 꿈꾸며
새로운 삶을 준비한다.

하루의 끝자락

오성산에 올라 석양을 바라보고
내 꿈은 언제 이루어지려나 한숨을 내쉰다

빠르게 흘러가는 세월
그 세월을 한탄하며 나를 질타하는 나

무심한 세월은 멈추질 않고
구름에 실려 흘러만 가네
오늘 나 오성산에 올라 하루 끝자락에 서 있는데

석양에 곱게 물든 금강의 강물은
아무런 대답도 없이 유유히 서해로 흘러만 간다.

내 안의 바다

바다는 나를 부른다
나의 존재를 일깨우는 바다
그 바다 저녁노을 앞에서
바다를 바라보며 생각에 잠긴다
그리고 붉게 타오르는 노을 앞에서 나는 침묵한다
한동안 침묵이 흐르고
내 마음은 순풍에 돛 달고 황금빛 노을 속으로 항해한다
내가 그리워하는 꿈을 향해 나는 항해한다
언제나 그런 바다를 나는 그리워한다.

코스모스를 보니 친구가 생각난다

매일 보이다가 하루 안 보이면
그 친구의 안부가 궁금해지고
혹시 신상에 무슨 일이라도 생겼을까
걱정하고 염려하는 마음이 인다면
내 마음에 어느새 좋은 친구로
각인되어 있기 때문이 아닐까 싶다

뭐 특별히 주는 것도 없고
받는 것 또한 없다고 할지라도
친구의 안부가 궁금해진다
친구는 무엇을 하고 있을까
생각만 해도 떠오르는 친구가 있다면
내 마음 깊은 곳에 자리하고 있기 때문이 아닐까

친구야!
깊어가는 가을 코스모스를 보니
내 얼굴이 떠오른다
보고 싶다, 친구야!

보내는 마음

눈물이 날 것 같아

뒤돌아서 눈물을 훔쳤습니다

무너진 나의 가슴이 너무도 아파서 울었습니다

친구의 아픔을 알면서도 안아주지도 못하고

가까이 다가서 먼 길 떠나는 친구에게

살가운 말 한마디 못 하고 괴로워했습니다

내 마음조차 알지 못하는 눈물 소리

그 소리를 친구가 알아차릴까 봐

친구를 외면하고 뒤돌아서 눈물을 훔쳤답니다

먼 길 떠나는 친구에게

생전 좋아하던 갈대꽃을 한 아름 안기고 싶습니다.

친구야, 와인 한잔하고 가게나

서쪽 하늘에 붉은 노을이 물들어간다
난 주저하지 않고 서해로 향한다
붉은 노을이 물들어가는 바닷가 앞에 홀로 선 나는
살아 있다는 것을 새삼 느낀다

수평선 멀리 서해를 바라보며
먼저 보내는 친구의 모습을 떠올린다
석양에 불타는 서해의 노을과 함께
희미해지는 친구의 모습은 파도가 되었고
와인빛 서해에서 밀려오는 파도는
나의 발끝에서 하얀 포말이 되어 부서진다
나는 그 바다를 향해 친구를 부른다

"친구야, 그냥 갈 순 없잖아
나에게 미움과 원망이 있거든 툭툭 털고
나와 같이 와인빛으로 물든 노을 한잔하고 가세나"

친구야

친구야

나의 사랑하는 친구야

그간 힘들었던 삶의 무게를 모두 벗어버리고

이젠 그곳에서 편히 쉬게나.

슬픈 삶

언제나 그랬듯이
나는 힘이 들면 이곳으로 달려와
육신이 피곤함을 잊은 채 석양을 바라보았습니다
비릿한 갯바람에 들추어낸 나의 아름다운 추억 이야기
그리고 곱게 물든 노을빛마저도 나를 위로하지 못했습니다
노을빛에 긴 그림자를 드리운 채 묵묵히 서 있는 나는
너무도 슬펐습니다

이슬처럼 왔다가 바람처럼 간다고 했던가
또 한 사람이 내 곁을 떠났습니다
너무도 허무한 마음이 파도처럼 밀려옵니다

땅거미가 내린 비응항
그 어둠 속에 오늘 있었던
나의 슬픈 삶의 이야기 묻어두고 싶을 뿐입니다.

친구여 편히 쉬소서

친구여
이제 그 무거운 짐을 벗어버리고 편히 가소서
그대의 넋 나의 마음속 돛단배에 싣고 편히 쉬어 가소서
장마철 밀려오는 검은 구름 뒤 쏟아 붓듯이
내리는 빗줄기에 깨끗이 씻기어
그대의 그림자가 투명하여 나의 눈에 보이지 않게 하소서
나 그대와 같이한 세월의 무게가
이제는 그대 편에 기울지 않게 나를 놓아주소서

친구여
나의 친구여
나의 두 눈에 하염없이 흐르는 눈물을 이제 거두어 가소서

친구여
친구여
나의 친구여

이제 그 이름 목이 메도록 불러도 대답이 없는 나의 친구여
지루한 장마가 끝나고 높푸른 저 하늘에 뭉게구름이 피어오를 때
그 구름 사이에 친구 얼굴 그려볼 수 있게 나의 마음 일깨워주소서

친구여
친구여
사랑하는 나의 친구여

이제 모든 짐 벗어 던지고
하늘나라 그 먼 곳에서 우리 다시 만날 때까지 편히 잠드소서.

겨울을 맞이하는 나

서해에서 차가운 겨울바람이 불어온다
밀려오는 파도는 철썩거리며 하얀 포말을 일으키고
겨울을 노래한다
항구를 떠나는 어선은 만선의 꿈을 품은 채
세찬 바람과 높은 파도를 가르며 서해를 항해하고
노을빛 바다를 날아오르는 갈매기는
비응항의 창공을 비행한다
차가운 겨울바람에 잠겨 있던 내 마음의 문은 어느덧 열렸고
나의 가슴속으로 날아드는 갈매기를 나는 반갑게 맞이한다
저녁노을 가득한 포구의 풍경은 어머니의 품속처럼
포근함으로 다가오고
서해를 바라보는 하얀 등대는 아름다운 세상을 향해
사랑의 불빛을 깜빡거린다
코끝에 스치는 갯내음의 그 향기가
마음속 깊은 곳까지 물밀듯이 파고들었고
어느새 나의 가슴속에는 포근하고 따뜻한 온기가 전해지고
나는 비응항 등대에서 서해의 먼 수평선을 바라본다
나는 혼자 히쭉 웃어보기도 하고 혼잣말로 깔깔 웃어보기도 한다

나의 잡다한 지난 생각은 바람에 실어 날려 보내고
이제 새로 맞이하는 겨울 앞에서
새로운 생각으로 그 자리를 메운다
아무도 모르리라, 내가 여기에 온 것을
아는 이는 오직 나와 하늘을 나는 갈매기뿐인 것을
내가 비응항에 찾아온 것을 한껏 반기는 갈매기는
소리 높여 노래한다
끼르륵, 끼륵, 끼륵.

PART 2

봄, 여름, 가을
그리고 겨울

봄을 기다림

심술궂은 매서운 꽃샘추위에
미련 떨며 서성이는 봄 처녀

논두렁 밭두렁 뚫고 나온 이름 모를 새싹
하나둘 움 틔우며 기지개를 켠다

녹색 옷 곱게 단장하고 세상을 기웃거리며
지난겨울 어둠 속 꿈 이야기 누구와 나눌까
여기저기 두리번거리며 친구를 찾는다

아마 그 이야기는 아침 이슬을 맞은
풀잎 같은 촉촉한 이야기가 아닐까.

봄이 오는 소리

바람에 실려

봄이 오는 소리

그 소리는 다름 아닌 계곡의 물소리

2월 봉래구곡 계곡물은 얼음을 젖히고

직소폭포는 맑은 물을 쉼 없이 토해낸다

옥색 속살 내비치는 옥분담은

어느덧 봄기운이 가득하고

산새들 찾아와 온종일 지저귀며 봄을 노래하고

봉래구곡 계곡 따라

불어오는 겨울 찬 바람을 나는 온몸으로 막아놓고서

직소폭포에서 유유히 흐르는 옥분담 계곡물에

살며시 겨울을 내려놓는다.

봄 마중 가자

봄 햇살 가득 담아
대지에 뿌려놓고
그윽한 시선으로 땅을 바라보니
여기저기 꿈틀거리며 새싹이 돋았구나

비가 내리고
따사로운 햇살이 내리쬐고
바람에 실려 오는
그윽한 봄 향기

친구야
꽃이 피었다
봄 마중 가자꾸나.

봄 내음

언덕길 피어오르는 아지랑이
꿈길인 듯싶기도 하건만
내디디는 걸음마다 꽃길이어라

봄바람에 전해지는 그윽한 꽃향기
설렘의 크기만큼 비워야 하는 내 빈자리에
봄바람에 전해지는 봄 내음으로 채우고 싶구나

친구야
봄맞이 가자꾸나
아지랑이 피어오르는 그 언덕으로….

봄

삼동(三冬)을 참아내고
수목원에도 봄꽃이 피다
봄바람에 홀홀이 떨어지는
꽃잎을 바라보며
나는 봄의 향기를 가슴에 품고 봄을 노래한다.

꽃망울과 입맞춤

긴 겨울은
산 능선을 따라 먼 길을 떠난다

길 떠난 그 자리에
변산 바람꽃은 살며시 고개를 내밀고
나를 반갑게 맞이한다

따사로운 봄 햇살에
여린 속살을 드러내고
앙증맞은 자태로 하얀 꽃망울을 터뜨린 채
함박웃음 머금고 주변을 기웃거린다

난 그 모습에 반해
하얀 꽃망울에 입맞춤으로
새봄을 맞이한다.

바닷가에서 봄을 기다린다

겨울 속에 갇힌 마음
바다 위에 떨군다
겨울 그 끝자락
요동치는 파도 끌어안고
나는 봄을 기다린다

갈매기
차가운 바다를 유영하고 하늘을 날며
겨울 그 끝자락에서 시위한다

나 역시 먼바다 바라보며 우직이 서서
수평선 저 멀리서 불어오는 차가운 바람을 끌어안고
봄이라 바람이라 애타게 봄을 기다린다.

봄바람

앙상한 가지에
생명이 움트고

바람이라
봄이라

내 마음 흔드는
봄바람

봄바람에 나무는 춤추고
나는 마음으로 봄을 노래하네.

입춘시샘

찬 바람에 실려 오는 그윽한 봄 향기
앙상한 가지에 매달린 가녀린 매화꽃 향기라네

순백 청순함 꽃망울에 수줍음 뒤로하고
화사한 미소가 애처롭기만 하네

산등선 넘어 불어오는 찬 바람이
아직은 추운 듯 설레설레 고갯짓하며
앙상한 가지에 올망졸망 매달려 가엽게 떨고 있네.

찬란한 봄

쓸쓸한 겨울을 보내라
찬란한 봄을 맞이하라

내가 기다리는 봄
어디서 어디로 어떻게 오는지

어느 시골집 처마 밑 마른 장작이
어머니 손길에 하나둘 없어지면 오려나

나는 봄이 오는 문간에 서서
바람이라! 봄이라! 꽃이라! 인생이라!
봄을 기다리리.

봄 향기와 입맞춤

봄은 벌거벗은 나뭇가지에
노란색의 봄을 틔우고
남쪽에서 불어오는 봄바람은
돌담길 골목마다 꽃향기를 뿌린다

대문 없는 시골집 텃밭에
사뿐히 내려앉은 꽃향기는
잠이 든 대지를 깨우고
그윽한 봄 향기가 봄바람에 흩어질세라
나는 지그시 눈을 감고
바람 끝에 코끝을 내밀며 입맞춤한다.

나를 슬프게 하는 매화꽃

매화꽃이 피었다
지난 긴 겨울의 아픔을 토해내고
함박눈처럼 나뭇가지에 살포시 내려앉았다

꽃샘바람이 아직은 추운 듯 파르르 떨며
애써 화사한 미소 지으며 나를 맞이하는 매화꽃

매화꽃이 진다
하늘하늘 꽃잎을 날리며
꽃비가 되어 나를 슬프게 한다

꽃이 지는 걸
바람을 탓하랴
그 무엇을 탓하랴

꽃이 피기까지는 아픔이 있겠지만
꽃이 지는 건 잠깐이구나

매화꽃 잎이 봄바람에 나부끼니
내 생에 봄날은 간다.

하늘 꽃으로 핀 벚꽃

벌거벗은 나뭇가지에 하얀 옷 걸치고
바람에 흔들거리며 봄을 노래한다

꽃을 보니 난 행복했고
바람에 실려 온 그 향기를 온몸으로 끌어안는다

꽃이 지는 모습에 눈물 적셨고
바람에 나부끼는 꽃잎을 보니
마음의 상처가 되어
하늘 꽃으로 피어난다.

변산바람꽃

어느덧 계절은 새봄을 맞이하네
지난 기억들은 하나둘 흐릿하게 지워지고
알 듯 모를 듯 세월과 함께 묻혀가는
어느새 봄은 이렇게 내 곁에 찾아왔네

햇살 좋은 양지 녘 산모퉁이 개울가로
변산바람꽃 너를 만나러 가던 날
매서운 꽃샘추위와 봄비 맞으며 피어난 변산바람꽃
너는 그 멋스러움을 다 품고서
해맑은 아이처럼 방긋 웃으며 나를 반긴다.

봄의 귀환

산 능선에서
미련 떨며 서성이는
봄바람
그 시샘은 아낙네 변덕처럼
심술궂기도 하구나

연분홍빛 예쁜 꽃
노루귀에 반해
흔들리는 이내 마음
봄이라 꽃이라
가던 길 멈춰서 새봄을 노래하리라.

노루귀의 유혹

어둠을 뚫고서
하얀 속살 드러낸 채
여기저기 기웃거리네

청순한 듯 수줍은 표정
하얀 꽃 모자 곱게 쓰고
봄바람에 한들한들 춤을 추네

지나가는 나그네 발목 잡고서
요염한 함박웃음
온갖 여유 다 부리며 봄맞이 가자고 한다.

그리운 봄

땅도
풀도
계곡의 물도 말라버린 세상
매서운 칼바람에 낙엽만이 흩날리고
시간마저 멈춘 줄 알았던 세상

산골짜기 노루귀
겨울 눈치라도 보듯
수줍은 듯 낙엽을 젖히고
푸른 봄이 그리운지
살며시 고개를 내밀더니
화사한 미소로 웃음꽃 피운다.

봄의 왈츠

지리산 능선을 넘어
섬진강 줄기 따라
훈훈한 봄바람에 전해지는 매화 향기는
홍쌍리 마을에 가득히 퍼지고
따뜻한 햇볕에 매화꽃 영롱하게 빛나네

산새들 꽃마을 찾아와
매화꽃 향기 맡으며
여기저기 지저귀는 봄 노랫소리
홍쌍리 마을에 울려 퍼지는
봄을 알리는 왈츠 소리에
꽃바람에 실어 내 마음 섬진강에 띄워 보낸다.

동백꽃

봄의 능선에서 서성이던 봄바람
이제 아무 거리낌 없이 산 능선을 넘나든다

긴 겨울잠에서 깨어난 나무
하늘 향한 가지에 움을 틔우고 하품하며 기지개를 켠다

누가 먼저랄까
봄은 하나둘 앞다투어
여기저기 나뭇가지에 꽃망울을 터뜨리며 환하게 웃는다

대각산 북쪽 계곡의 동백도 붉은 꽃망울을 토해놓고서
꽃샘바람이 차가운 듯
설레설레 고갯짓하며 새봄을 노래한다.

내 마음의 봄

계절이 몰고 온 바람은
연초록 색깔로 한 폭의 수채화를 그려내고

온 산 봄 향기 가득한 초록빛 공간에서
산새들 찾아와 새봄을 노래한다

계곡의 흐르는 물소리는
새봄을 알리는 왈츠 소리

개울가 봄꽃은
화사한 미소로 나를 반기고
나도 덩달아 콧노래 부른다

어디선가 불어오는 차가운 꽃샘바람
심술궂게도 새봄을 시샘하며
여린 꽃잎과 내 마음 흔들고 달아나네.

기다리는 봄

계절이 몰고 오는
갯바람은
내 마음을 살찌우고

은빛 너울이 반짝이는
바다는
나를 유혹하고

서해에서 밀려오는
파도는
지난 추억을 펼쳐놓고

멈출 수 없는 시간은
내 발목을 붙잡고
봄맞이 가자 한다.

산수유꽃

겨우내 답답함을 잊고
노란 꽃으로 봄을 알린다
살랑대는 봄바람
화사한 꽃 웃음

세상 밖이 그리워 두리번거리더니
꽃샘바람이 추운 듯
떨고 있는 산수유꽃

봄 향기에 이끌려 내소사 찾은 나
애처로운 시선으로 산수유꽃 바라보니
화사한 미소로 나를 유혹하네.

슬픈 봄

봄이 함박웃음 지으며 내게 다가왔다
여기저기 하얀 꽃
가슴을 적시는 그윽한 향기로 나를 유혹하건만
나, 너와 동행하지 못함이 아쉽고 슬프구나

봄아, 미안하다
이듬해 꽃피는 날 우리 다시 만나자
그때는 너의 하얀 미소 바라보며 웃어주리라.

봄은 향기로 느낀다

봄은
바람의 냄새에 반응한다
겨우내 느끼지 못한 바람과 풋풋한 향기에

봄은
반응한다
풀 내음과 꽃 내음 그리고 봄바람과 함께 내 코끝을 스치며

봄을
알린다
나는 몸과 마음을 활짝 열어 봄의 향기를 느끼며

봄의 노래를 들을 것이다.

개암사의 봄

능가산은 흰 구름을 부르고
봄 햇살은 구름 속에 숨어버린다
길 잃은 내 그림자
나 혼자 두고 사라진 개암사 가는 길
동행 없는 나를 보니 너무나 슬프구나

개암사 계곡
흐르는 물 위에 풀잎 하나 던져놓고
어디로 갈 건지 물어보니 대답이 없어
나 역시 발길 따라서
이곳에 왔노라고 말하려 하니
어느새 사라지고 보이지 않네

초록빛 봄
가득 품은 능가산
그 품속에 안긴 개암사 바라보며
발길 멈추어 서니
능가산에서 다가온 봄바람
나를 마중하고 홀연히 떠난다.

장맛비와 수채화

장맛비 소리가
명치 끝에 전율이 전해진다

그것은 슬픔이었다
내 마음이 알아차린 듯

장맛비 소낙비는 하염없이 내린다
그 빗방울 소리는 어떤 소리보다 슬펐고
절규하는 숨소리와 같았다

그렇게 정적의 시간이 흐르고
쉼 없이 내리는 장맛비는
한 폭의 수채화로 다가왔다.

백련꽃

하늘 햇살 받은 초록 잎사귀는
연못 가득히 파란 우산을 만들고
은은한 향기를 풍기는 하얀 꽃 백련은
순백의 하얀 속살을 내비치며
청순하게 수줍은 얼굴로 나를 맞이한다

세상을 향해 환한 미소를 지으며
하나둘 꽃을 피우는 백련꽃
그윽한 꽃향기로 단장하고서
따사로운 햇볕에 그을릴까
푸른 잎 파란 우산 곁에 두고
동구 밖 마을길 기웃거리며
그리운 임을 기다리나 보다.

가을로 가는 길목

메밀꽃 향기
들판에 가득하고
노란 꽃 해바라기
나를 보고 빙그레 웃네

맑은 하늘
저녁노을
아름다운 풍경을 바라보고 있노라니
나는 어느새 옛 추억에 잠긴다

서쪽에서 불어오는
가을바람은 얼굴을 스치며
네게 계절의 바뀜을 알려주었고
나에게 살며시 손을 내민다

가을향기 외면하지 못한 나
아쉬운 마음 뒤로하고
가을바람과 동행하며
나는 또 다른 길을 나선다.

가을이 오면

무엇을 보고 싶어
가을 산을 찾았단 말인가
시간이 흐른 자리는 노랗게 퇴색되어 가는데

무엇을 보고 말하려고
네가 여기에 왔단 말인가
아무 말 하지 못하는 공허한 마음인데

무엇이 그리워
이곳에 서성인단 말인가
가시나무를 안은 듯 너를 안지도 못하는데
내 마음을 아는 이가 있다면 나 자신뿐인 것을….

가을 아침

아침 해 두둥실 떠오르고
모래 언덕 가득한 뿌연 해무 걷히더니
가녀린 가을꽃이 미소 짓는다

그리움으로 우뚝 솟은 망주봉
잊힌 옛 추억이 그리운지
나그네 바라보듯 물끄러미 나를 바라본다

서해에서 불어오는 가을바람은
쓰라린 내 가슴속 깊이 파고들더니
나를 감싸 안고 속살거린다

얄미움도 부끄럼도 잊은 소리에
쓰라린 가슴을 쓸어내리며
나는 고요히 꿈결처럼 스러진다.

가을 풍경 스케치

가을
너 어느새
내 곁에 다가왔구나
오늘 갈대 숲길을 걷다가
가을 너를 알아보고서
나는 발길을 멈춘다

내 코끝과 가슴으로
너의 향기를 느끼고 스케치하고
외로움
그리고 쓸쓸함으로 가득한
가을 너를
나는 반가이 맞이한다.

가을과 구름

파란 하늘 구름은
갈 길을 잃어버리고
스산한 바람에
갈대는 고개를 저으네
석양빛 드리운
언덕에 올라
금강을 바라보며
깊은 생각에 잠긴 나
이제야 깨달은 듯
입가에 미소 지으며
갈바람과 동행하며 홀연히 길을 떠난다.

가을날의 그리움

그 곁에 가고 싶어도 갈 수 없고
그토록 찾고 싶어도 찾을 수 없는
임이 누구시기에 그토록 그리워하는가

태어날 때 쥔 것 없다 했고
떠날 때 빈손이라 했던가

가을 하늘은 저리도 높고 푸른데
나의 마음은 가눌 수 없는 슬픔이
가슴 에도록 파고드는 그리움이 밀려온다

나는 소리를 내지도 못하고 울었고
마음을 채워주지 못하는 세월의 그리움은
아쉬움으로 파란 하늘에 흰 구름으로 토해낸다

양각산 능선을 타고 정상으로 불어오는 가을바람에
추억 속 그리움을 실어 흘려버리고서
나는 홀로 나그네 되어 가을 속으로 여행을 떠나고 싶다.

추색

가을은
소리 없이 내 곁에 다가왔다
외로움과 쓸쓸함을 가득 안고서

호수 위
가을이 남긴 반영에 발걸음 멈추고
눈을 감고 숨을 고르니 그리움으로 밀려온다

만지면 잡힐 것 같은데 잡히지 않는 바람 같은 너
가을은 호수 위에 수채화를 그려놓고서
아무 말 없이 그리움만 남기고 떠나버렸다.

가을 하늘에 낙서

파란 하늘에 누가 낙서하였다
그 하늘을 바라보며 소원을 빌어볼까 했는데
파란 하늘에 누가 낙서하였다
내 마음에 품은 소박한 작은 꿈을 적어보려 했는데

그 파란 하늘의 하얀 선은 내 영역 밖인 것을
나는 내 마음의 손을 빌려 그 낙서를 지워버리고 싶었다.

색바람과 단풍

색바람은 가을바람이었다
색바람에 잎은 곱게 물들어 단풍이 되었고
나는 곱게 물든 단풍과 사랑을 했다
그리고 색바람은 단풍잎이 낙엽이 될 때
가을과 아름다운 이별을 고했고
내 곁을 떠나는 색바람과 단풍잎에
나는 깊은 슬픔에 잠기고 말았다.

떠나는 가을

가을아
하늘이 참 높고 푸르구나
점점 높아가는 파란 하늘을 보니
이제 겨울이 다가오려나 보다

가을아
마음이 정말 허전하구나
그래도 색바람은 내 마음을 아는지
푸른 단풍잎에 고운 색깔로 물들이며
나를 위로하는구나

가을아
차가운 바람에 단풍잎이 파르르 떨며
한잎 두잎 흩날리는구나
고운 단풍잎이 내 벗이라 생각했는데
이제 낙엽이 되어 내 곁을 떠나는구나

가을아
가을아
잘 가거라.

나 또한 낙엽인 것을

한 줄기 바람에도 힘없이 떨어지는 그대를 보면서
이별의 아픔을 느꼈습니다

나는 침묵 속에 그대를 보냈고
그 이별의 아픔은 시간이 흐르고 나서야 추억임을 알았습니다

늦게나마 나 또한 세월 속에 떨어질 낙엽인 걸 알았고
계절은 이렇게 또 바뀌고 지나갑니다.

가을 이야기

가을인가 싶었는데
어느새 찬 바람은 은빛 갈대를 흔든다

가을은 잠시 내 곁을 스쳐 가는 바람이던가
나와 작별을 고하는 갈대를 바라보며 지그시 눈을 감는다

바람과 갈대가 전하는 가을 이야기를 들으려고
가던 길 멈춰선 채 갈대의 속삭임에 귀를 기울인다.

가을과 작별

문수산 능선을 넘어 바람이 불어온다
곱게 물든 단풍잎은
가을 그 끝자락을 붙잡고 파르르 떨다
힘에 겨운지 낙엽이 되어 바람에 나부낀다

문수사 찾은 나그네 발길에 밟히고 바람에 흩날려
상처투성이로 내 가슴에 부딪혀 쌓여만 가고
나는 늦가을의 쓸쓸함을 가슴에 품고 지난 추억을 회상하며
스산한 바람과 동행하며 가을과 작별하고 겨울로 다가간다.

기다림

겨울 바다라
겨울바람이라
그리고 밀려오는 파도라

강태공 바다에 낚싯대 드리우고
기다림에 지쳐 노을빛에 타들어 간다

밀려오는 파도
강태공 기다림 미안한 마음에
소스라치게 놀라
그 발끝에서 부서진다.

하얀 아침

하얗게 내려앉은 서리는
논두렁 밭두렁
춥다고 덮어주는 솜이불인가 보다

엄동설한 부는 바람마저 차가움을 토해
나무도 낙엽도 꽁꽁 얼려버렸다

들녘 푸른 소나무마저
순백의 하얀 옷차림의 망부석 되어
이곳을 지나는 나를 외면한 채 아침을 맞는다.

얼어붙은 마음

한겨울 흩날리는 눈보라에
대지도 얼어붙고
내 마음도 얼어붙고
온 세상이 꽁꽁 얼어붙고 말았다

앙상한 겨울나무도
매서운 바람에 절레절레 손을 흔든다

세상 모든 사물
죽음의 시간을 맞이하듯 적막한 시간이 흐르고
살아 있는 생명이 있다면
난 그 생명의 고동 소리를 듣고 싶을 뿐이다.

부탁

바람에 몸을 실어 살며시 내려앉은 눈송이
덕유산은 뭐가 그리도 서럽기에
하얀 소복 차림을 하고 내 앞에 섰는가
능선을 타고 불어오는 겨울바람을 품에 안고서
나는 바람에게 부탁하네
나를 기다리는 봄에게 꽃씨를 전해달라고….

겨울 연가

눈 내린 겨울 바닷가
바다 저 멀리 파도와 함께 하나둘 밀려오는
추억
그리움
외로움
아직 남은 나의 생은
침묵으로 파도에 실려 밀려오고 있습니다.

깨달음

산은 알아듣고
메아리로 답하고
바다는 알아듣고
파도 소리로 답한다

세상 사는 것 답답하매 소리쳐보니
누구 하나 답하지 않네
외롭고 허전함에 하늘 보고 물어보니
무엇이 옳다 하리오

사는 것 보기에는 별거 아닌 듯싶기도 하고
뒤늦은 깨달음이 있다면
열심히 사는 것만이 최선이고
삶의 밑천이더라.

눈 내리던 날

서해에서 불어오는 칼바람과 동행하며
잿빛 하늘에서 쉼 없이 눈이 내린다
차가운 바람을 감싸 안은 적벽강에
하얀 눈꽃을 뿌린다

바람에 흩날리는 하얀 눈꽃
내 품속으로 들어와 안겼고
나는 그만 기쁨에 겨워
함박 웃음꽃을 피운다.

가야산

하늘길 이어지는 가야산 능선은
휘어질 듯 부드러운 활을 닮았고

상왕봉 정상에서 맞이하는 바람은
보일 듯 보이지 않는
그리운 임의 얼굴을 닮았나 보다

칠불봉 정상의 벅찬 감동은
얼어붙은 내 마음을 녹여주고

수천 년 세월 속 다듬어진 만물상 기암괴석은
초연한 자태로 그 멋 다 품고 서서
가야산의 아름다운 풍경에 빠져 있는 나를 보며 웃고 있다.

첫사랑 같은 지리산

내가 당신을 만나러 가던 날
무척이나 마음이 설렜습니다

내가 당신을 만나던 순간은
이른 아침 풀잎에 맺혀 있는
아침 이슬 같은 순수함이었습니다

그래서 난 당신 곁에 다가설 수 있었고
당신의 품 하늘길 능선에서
당신이 나에게 보여준 풍경은
내 첫사랑 같은 느낌으로 다가왔습니다

언제나 인색함이 없이
나에게 보여준 당신이야말로
영원한 내 사랑
내 첫사랑입니다.

산 사랑

산 그대여
나 자신이 실망과 좌절했던 지난날
날 웃음 짓게 한 산 그대여

산 그대가 내 삶에 들어오던 날
난 웃을 수 있었다오

내 인생의 삶에 산 그대는 나의 희망의 불빛이었다오
언제나 그대 곁에서 노래하는 새들처럼
나 역시 그대와 함께 평생을 동행하고 싶다오

계절이 바뀌고 세월이 흘러
네 이마에 잔주름이 짙어가도
늘 변함없이 나를 사랑으로 감싸주는 것은 오로지
그대뿐이었다오

그대야말로 진정 내 친구요
그대야말로 진정한 내 사랑이라오.

애인 같은 산

산이 좋아 산에 올라서서 산 능선 바라보니
내 눈 앞에 펼쳐진 그 능선은 여인의 허리 같더라

산이 좋아 산에 올라서서 눈 감고 귀 기울이니
청아한 새소리는 속삭이는 여인의 목소리 같더라

산이 좋아 산에 올라서서 계곡을 바라보니
계곡물은 내 마음을 그리운 임에게 전해줄 것 같더라.

바래봉과 나의 여정

한 걸음 한 걸음 대지를 딛고 서니
어느덧 휘어질 듯 부드러운 바래봉 능선

숨 고르며 바라본 먼 산봉우리
구름은 능선을 타고 한 폭의 풍경화를 그리고 있다

팔랑치 가는 길 발길을 옮길 때마다
떠오르는 나의 지난 추억의 여정은 안개처럼 피어오른다

산 능선을 넘나드는 구름처럼
내 인생 또한 그렇게 흘러만 간다

지리산 사계는 어김없이 돌아오건만
새봄을 기다리는 팔랑치 철쭉은
겨울 찬 바람이 서럽기만 하다.

덕유산 눈꽃

오늘 그대를 맞이할 열정 하나로
새벽 차가운 공기를 가르며 달려왔다

감미로운 눈빛으로
하얀 눈이 쌓여 있는 설산 덕유산을 바라보며
나는 가슴으로 뜨겁게 포옹한다

내 가슴에 쌓여가는 설렘의 크기만큼
희미한 추억 속의 아픈 과거를 마음에서 지웠고

나는 이곳에서 또 다른 무언가를 찾아내어
그 공간에 설산의 하얀 눈꽃 풍경으로 채워가며
오늘도 덕유산 하늘길 능선을 걷는다.

봄이 오는 소리

저 멀리 들리는 소리
철썩 쏴-

얼결에 뒤돌아보니
바람에 흰 물결 일고

춤추는 물결이 전해주는 것
봄의 소리

어느새 내 마음
춤추는 파도를 넘나드는
갈매기와 친구 되어 있었다.

PART 3

삶 그리고
추억을 회상하다

삶

내가 바라는 것은 무엇인가
말을 하지 않아도 나는 알고 있다
하루하루의 삶이 나의 인생이 아닌가
오늘 찾아온 청운사 처마 끝의 풍경 소리의 울림도
삶의 일부가 아닌가
나는 그 풍경 소리에 귀 기울이며 지그시 눈을 감는다.

삶의 행복

내 삶이 싫다 하여
내가 싫은 것은 아니다

내 삶이 있어
나는 즐거웠고

나는 나를 사랑함에
내 삶이 행복했다.

포기할 수 없는 삶

내가 어디에 있든
시간과 공간은
나의 친구가 되어주고 연인이 되어준다
시간과 공간은
내가 원하든 원치 않든
내 삶의 목표를 바꾸어주고
내 삶의 존재감을 확인해주며
나 자신을 변하게 한다
변화는 새로운 기회이며 도전이다
그러기에 나는 삶을 포기할 수 없다.

나만의 길

그 길로 갈 것이다
나는 그 길로 갈 것이다
그 누구도 걸어보지 못한
그 길로 걸어갈 것이다
그 길에는 새로운 희망이 있겠다는 믿음에 있기에
나는 그 길로 걸어갈 것이다
삶의 도전은 매일 반복되는 아침으로부터 시작된다
그래서 나는 그 누구도 걸어보지 못한 나만의 길
그 길로 나는 묵묵히 걸어갈 것이다.

나그네 인생

나는 누구일까?
나는 내가 누군지 알지 못했다
고향의 품속을 걸으며 많은 생각을 했다
그리고 드넓은 모래사장에 내 이름 석 자를 적으니
파도가 지워버렸다
고향을 등지고 사는 부끄러운 이름은 아닐까?
다시 한번 생각하며 먼바다를 바라보며 외친다
그래, 나는 나였고
고향은 어머니 품 같은 곳이다
그리고 깨달았다
나는 이 세상 잠시 스쳐 가는 나그네일 뿐이라고….

나는 내일을 꿈꾼다

저녁노을 빛으로 채색되는 시간
나는 검붉은 바다를 바라보며
무슨 할 말이 그리도 많은지 침묵으로 일관한다

수많은 세월 속 추억마저도
붉은 태양과 함께 수평선으로 침몰하였고
아직 남은 아픈 기억들은 갯바람에 실어 보낸다

그제야 나는 내 어리석음을 깨닫고
어둠이 내린 비응항 등대의 불빛을 바라보며
나는 또 다른 내일을 꿈꾼다.

나를 외면하고 말았다

내 삶은 향기를 잃었다
내 꿈과는 거리를 둔 나의 삶이 싫어
겨울 바닷가를 찾았지만
차가운 겨울 바다마저 나를 외면하고 말았다

모든 삶이 역행의 모순덩어리
내 삶은 겨울 바닷가 밀려오는 파도와 함께
나를 더욱 슬프게 했다
아픈 마음을 달래려 먼 그곳 꽃지해변을 찾아
치유하고 싶었는데
겨울 바다는 나를 외면하고 말았다

그런 내 마음이 부끄러워
나는 밀려오는 파도로 덮어보려 했지만
바다마저 나를 외면하는 듯싶다
나는 그런 내가 싫어 바다를 바라보며
내 삶을 내 가슴 깊은 곳에 봉인하고 돌아선다.

나와의 약속

이유야 어쨌든
나는 나와의 약속을 지키지 못했다
나는 그런 내가 정말 미웠다
언제나 나는 나를 그리워하면서도
나를 사랑하지 않았고 믿지 않았다
힘이 들 때는 하늘을 바라보며 눈물을 훔쳤고
입술을 깨물었다
그 누구에게도 내 마음을 들키지 않으려고

개울가 물속에 비친 반영 속에 드리워진
내 모습이 싫어 나는 돌을 던진다
둥글게 퍼지는 파장에 언뜻 보이는 내 모습을 보고
나는 고개를 들어 하늘을 보며 애써 웃음 띤 얼굴을 한다
그리고 다시 개울가 반영을 보며 나를 기다린다

맑아지는 물속 내 모습을 보고
새로운 마음으로 다가서 나를 반갑게 맞이하고 싶었다.

내가 나에게 바라는 삶

이른 봄 아침을 여는 시간
풀잎에 맺힌 이슬 같은 삶을 바라지 않나 싶다

뜨거운 태양이 작열하는 여름날
소낙비 같은 시원한 삶을 바라지 않나 싶다

가을날 저녁노을 붉게 물든
포근한 바다 같은 삶을 바라지 않나 싶다

깊어가는 겨울밤
소복하게 쌓여가는 함박눈 같은 삶을 바라지 않나 싶다

내가 나에게 바라는 삶은
나만의 색깔로 아름다운 꿈을 꾸며
소박하게 살아가고 싶은 마음이 아닐까 싶다.

삶이라는 추억의 책장을 넘기다가

나는 가끔 지난 추억을 떠올린다
지난 추억은 아름답기도 하지만
때로는 물풍선처럼 만지면 터질 것 같아
나는 조심스럽게 어루만지듯 지난 추억을 들추어낸다
그 어슴푸레한 지난 추억들은
내 마음속에 아름다운 풍경으로 다가왔고
때로는 아픈 기억으로 다가왔다

나는 밤이 깊어가는 줄도 모르고 추억의 책장을 넘긴다
시간은 흐르고 사계는 어김없이 돌고 돌아 난 여기까지 왔는데
지난 내 삶의 여정은 절대로 순탄하지 않았다
인생은 이슬처럼 왔다 바람처럼 사라져가는 것이라 했던가
알 듯 모를 듯 흘러간 지난 세월
나는 지난 그 세월과 함께 삶에 최선을 다했건만
지금에 와서야 지난 삶을 생각해보니
지난 그 세월이 서럽게만 느껴진다.

뒤늦은 후회

어젯밤 한 잔 술은 나의 가슴을 헤집고 말았다
그리고 나는 또 한 잔의 술로
외로운 마음을 달래야 했다
무성한 잡초처럼 복잡한 마음을
친구 앞에 내색도 못 하는 나
어느새 오가는 술잔 속에
외로움은 그렇게 만취되어 사라졌고
흐르는 시간 속에 의지한 채
외로움을 술잔에 묻고 말았다
삶을 통해 가끔 외로움을 타는 나
언제나 그랬듯이
삶 그 또한 외로움을 앞세운 허울뿐인 것을 알아차린 나
아침에 이르러서
내 안에 또 다른 내가 있는 것을 깨닫고서야
뒤늦은 후회를 한다.

검은 먹구름

서해 수평선 저 멀리에서 몰려오는 먹구름

비응항 등대에서 너를 맞는다

검은 머리 흩날리고 몰려오는 먹구름

어느새 등대를 감싸 안고 비를 뿌린다

검은 회색빛 비구름이여

나 너의 검은 영혼에 물들까 봐

내 마음에 웅크린 채 주르륵 하얀 눈물을 쏟아낸다

수평선 저 멀리 아른거리는 지난 추억 떠올리니

허전함과 쓸쓸함이 파도와 같이 밀려온다

저녁노을 바라보며 허전한 마음 전하고자

나 여기 찾아왔건만

그 마음 전하지 못한 채 등대를 뒤로하고 발길을 돌린다.

손녀와 사랑

하늘아

할매, 할배 손녀로 태어나주어 고마워

하늘아

언제나 하늘처럼 티 없이 맑게 자라거라

하늘아

가장 큰 하늘은 가족이란다

하늘아

하늘 만큼 사랑해

네

할머니

할아버지…!

손자 손녀에게

하늘아!
하온아!
너희들의 달콤한 미소와 애정 어린 눈길과 마주하면
할아버지는 너희들에게 아낌없이 사랑을 주고 싶단다….

손자의 여행길

언덕이 가팔라 가파도라 했던가
굼벵이 걸음걸이 아장아장 우리 손자

여행의 즐거움을 알기라도 하듯이
가파도 마을길을 신나게 뛰어본다

신나게 뛰어보니
그리 가파르지도 않은데

행여나 넘어질라
뒤따르던 엄마 아빠
화들짝 놀란 가슴 쓸어내린다.

어느 봄날

파릇하게 돋아나는 잔디밭에서
하늘을 쳐다보니 푸르기만 하고
살랑대는 꽃샘바람은 봄을 시샘하고 달아난다

노란 개나리꽃 꽃샘바람 외면한 채
어린 꽃잎 파르르 떨며 우리를 반기네
우리 손녀 화답하듯
두 손 모아 머리 위 사랑 표현에
손녀 얼굴 바라보는 할아비는 바보 되었다.

할아버지 사랑

하늘이를 사랑했네
하온이를 사랑했네
들꽃처럼 순수한
나의 손녀와 손자
나는 가족 모두를 사랑했네.

부모님

흘러가는 구름에 물어보려나
스쳐 가는 바람에 물어보려나

그윽한 눈빛으로 바라볼 뿐 아무 말 하지 않았다
아마 상사화의 애틋한 사랑 그 꽃말을 잊었나 보다

내소사 지장암 상사화 꽃밭을 서성이는
어머니!
아버지!
그 뒷모습이 꽃보다 아름답구나

얄밉다!
얄밉다!
세월이 이리도 얄미울까?
잠시라도 쉬어 가면 좋으련만
어이타 자꾸만 우리 인생길을 재촉하느냐.

어머니의 미소

드넓은 바다가 어머니 품속이라면
난 그 품속에서 밀려오는 파도입니다

드넓은 바다가 나라면
그 바다를 덮고 있는 하늘은 어머니 품속입니다

내가 창공을 나는 한 마리 물새였다면
어머니 당신은 나를 바라보며 미소를 지었을 겁니다

하늘 아래 그 모든 것을 끌어안은
어머니 당신은
오늘도 나를 사랑으로 감싸 안고 행복해합니다.

그리운 어머니

올망졸망 돌을 쌓아 올린 담장 너머에는
봄바람에 실려 오는 꽃향기만큼이나
그윽한 어머니 향기

고달픈 삶에도 언제나 우리를 끌어안은 채
어머니는 하늘이시라 사랑을 뿌린다

삶 그것은 운명을 앞세운 허울인 것을
오늘도 초롱불 아래 앉은 채 밤을 태운다

사랑합니다
어머니

난 어머니를 그리워하는 땅일 뿐 어머니는 하늘입니다.

사랑하는 아부지

매년 크리스마스는 별일 없어도 마냥 들떴는데

올해 크리스마스는 별 감흥이 없네

나도 직장인이 다 됐는가 벼

요즘 감기가 그렇게 무섭다는데

누가 우리 아빠 아니랄까 봐 둘이 똑같이 감기 걸렸네ㅋㅋ

코찔찔이 부녀ㅋㅋ

내년엔 아픈 곳 없이 몸 건강하고

언제나 좋은 일, 행복한 일만 가득했으면 좋겠어

Merry Christmas, Happy New Year!

가을이가 아버지에게 보낸 크리스마스 카드

내가 존재해야 하는 이유

세상에 태어나
나의 존재를 알았을 적 나는 너무도 초라했다
삶에 있어 한때는 절망의 파고를 넘나들기도 했고
벅찬 가슴으로 기쁨을 맞이해 보기도 했다
한 아이의 아빠로서 지금의 나
나는 나에게 나의 존재 이유를 묻고 있다
이제는 너희 아빠로 머무를 수밖에 없는 나이기에
아빠는 너희에게 내 몸 송두리째 다 주어도 아깝지 않다
내 등에 기댈 수 있는 너희가 있기에
난 오늘도 아빠로 존재하며 살아가야 하니까

아들, 성운아
딸, 가을아
사랑한다!

내 고향 선유도

한걸음에 달려 나가면
넓은 바다가 있고
그 넓은 바다가 품은 섬
내 고향 선유도(仙遊島)라네

우뚝 솟은 거대한 바위
서로 마주하는 두 개의 바위산
바로 그 산이 망주봉(望主峰)이라네

백사장 언덕 해당화꽃 활짝 피면
서해에서 불어오는 갯바람에 실려
그 꽃향기가 마을에 가득한 곳
명사십리(明沙十里)[1] 해수욕장이라네

모래 언덕에 둥지를 틀어놓고
행여나 누가 볼까
노심초사 두리번거리는 물새를 뒤로하고

---

[1] 선유도모래사장 십 리의 길이를 뜻함

친구와 삐기 꽃 뽑던 추억 어린 장소가
평사낙안(平沙落雁)[2] 이라네
해 질 녘 만선의 꿈을 안고 세월의 범선이
귀항하는 뱃머리를 따라 나는 갈매기 날으고
그 아름다움을 간직한 곳이
삼도귀범(三島歸帆)[3] 이라네.

동쪽으로는 신시도, 야미도
서쪽으로는 장자도, 관리도
남쪽으로는 무녀도, 두리도, 비안도
북쪽으로는 말도, 명도, 방축도
선유도를 에워싸고 한 송이 연꽃으로 피었네
그 아름다움에 반해 신선이 놀다간 섬이
바로 내 고향 선유도라네.

---

[2] 평평한 모래밭에 기러기가 내려앉은 모습. 망주봉 남쪽에 있는 작은 모래섬을 지칭함.

[3] 세 척의 범선이 귀향하는 모습으로, 선유도와 무녀도 사이에 있는 세 개의 무인도를 말함.

신선이 놀고 간 섬

바람 부는 날
대장봉에 올라 바라보니
여기가 무릉도원이구나

신선이 놀고 간 섬
선유도 바라보며
나 또한 신선이 된 양
꿈길 같기만 하구나

세찬 바람과 함께 밀려오는 파도는
갯바위에 부딪혀
하얀 물꽃이 되어 아련한 추억으로 다가오고

대장봉 능선을 따라 바람에 실려 오는 봄소식
귀 기울이고 엿듣노라니
어느새 마음은 추억 속 고향 바다를 유영하고 있다.

망주봉 이야기

어릴 적 집을 나서면 우뚝 솟은 두 개의 바위산이 있었다
어느 부부가 전설 속 천년 도읍 왕을 기다리다 지쳐
바위가 되었다는 바위산 망주봉
그 바위산이 어린 시절 항상 나의 곁을 맴돌았다
흰 눈 내리며 바람 부는 겨울날
하얀 얼굴을 하고서 긴 머리 흩날리는 망주봉
장마철 세찬 비바람에 하얀 눈물을 흘리며 나를 바라보던 망주봉
그 바위산 머리 위에 서면 고군산군도가 한눈에 보이고
망주봉 아래 펼쳐진 평사낙안은 뭍을 박차고
진또강으로 날아오르려 한다
신시도, 무녀도, 장자도, 관리도, 방축도, 명도, 말도…
신선이 놀다 간 연못 속의 섬 선유도를 감싸 안고
사랑 이야기를 전하네
나 오늘 산행길 대각산 정상에서 망주봉을 바라보며
고향의 옛 추억을 그리워하네.

나의 일상의 글 중에서

150

그리운 고향

내 몸은 대각산 정상에 머물러 있고
내 마음은 고향 선유도에 가려 하는데
진또강을 오가는 밀물과 썰물은 무심히 흘러만 가네

내가 여기 와 있노라고 전해주려니
고향으로 오가는 배 하나 없고
저 멀리 그리움으로 우뚝 솟은 거대한 바위산 망주봉만이
대각산 정상에 선 나를 보고 손짓을 하네

다시는 못 건너갈 듯싶은 그리운 고향 선유도
모세의 기적이라도 바라듯 바닷길이 열리기를 바라는 나에게
작은 섬 솔섬을 징검다리 삼아 건너오라 손짓하네.

잊힌 고향

고향을 떠난 지 어언 40년
눈이 내린 겨울
어찌 찾아왔는가

옛 추억이 그리워 찾아왔건만
낯설게 보이는 고향 풍경이
지난 추억마저도 외면하더라

섭섭한 마음 주체할 수 없기에
살며시 눈을 감고 옛 추억을 회상한다.

추억

대장봉 저편에 그리운 고향 선유도
옛 추억이 그리워 바라보건만
차가운 겨울바람에 쓸쓸함만 감도네

추억 속 동무 생각 아련한 꿈일지라도
나는 대장봉 정상에 서서 선유도를 바라보니
아직도 그곳에는 옛 추억만 가득하구나

고향은 그렇게 나를 덤덤하게 맞이하였고
명사십리 끝자락 우뚝 솟은 망주봉은
나와 시선을 마주하고 나를 포근히 감싸 안는다.

고향 선유도로 돌아가고 싶다

신선이 놀았다는 아름다운 섬
한걸음에 달려가 그 섬에 안기고 싶다

썰물이면 조개를 캐고 소라도 잡고
푸른 바다에서 고기를 낚았던 섬
그곳 섬마을 바닷가에 나의 마음을 기대고 싶다

명사십리 해당화 꽃내음 뿜어내는 모래 언덕길
해 질 녘 붉게 타오르는 서해 저녁노을
그곳에서 마음 아픈 기억들은 훌훌 털어버리고 싶다

지난 시절
그곳에서의 아름다운 추억은
한 장 한 장 책장을 넘기듯 떠오르는구나

바람아 너도 아느냐
신선도 그 아름다움에 반해 머물다 갔다고 하더라

나 이제야 알았다

외롭고 긴 기다림 끝에

아련한 옛 추억들 들추면서

그리움이 가득한 고향 선유도로 돌아가고 싶다.

고향 풍경

설레는 마음으로 고향을 찾아
시선이 머문 풍경 앞에 마음을 내려놓는다

희미해진 기억 저편에 그리움이 밀려오더니
아련한 추억만이 내 가슴에 안기네

아무리 보아도 싫지 않은 고향의 풍경
난 고향의 풍경을 바라보며
나는 지난 추억을 그리워한다.

숨바꼭질

봄 안개 잠긴 곳에
어렴풋이 보여라

선유봉아!
망주봉아!
옷자락이 보일라 꼭꼭 숨어라

갈매기야
너희 눈에는 무엇이 보이더냐?

안개가 자욱해도
두 눈을 꼭 감아도
내 마음속에 담아 있구나.

바람 부는 섬

바람이 불어온다
서해 수평선 저 멀리서
밀물과 썰물이 오고 가는 섬
그 섬 사이로 불어오는 싸늘한 가을바람
거친 파도를 동반하고 무수히 많은 추억을 담아
내게 다가온다

바람에 일렁이는 거친 파도는 하얀 포말을 일으키고
서해에서 대각산 능선을 타고 불어오는 가을바람은
외롭고 쓸쓸한 나의 가슴에 부딪힌다

나는 바다에서 전해오는 향긋한 갯내음을 반가이 맞으며
지그시 눈 감은 채 바람을 포근하게 감싸 안고
바로 눈앞에 펼쳐 보이는 고향 선유도를 그리워한다.

고향의 바다

갯내음 물씬 나는 고향의 바다
푸른 물결 가르며 귀항하는 낚싯배
하얀 물거품을 일으키는 그 모습을 바라보며
지난 옛 추억을 떠올리네

바다 저편
만선의 꿈을 안고 바다로 간 아버지
삼도귀범(三島歸帆) 섬 사이를 돌아
선유도 진또강 항무시로 귀환하는 고깃배를 상상하며
나는 아버지를 그리워하네.

하루의 보상

바스락바스락
그것은 바지락
데굴데굴 굴리며 요리조리 끌고 다니다
밀물이 되고서야 가득 채운 그물망

까칠해진 어머니 손에 움켜쥔 그물망
갯벌에 뒤범벅된 바지락을 바닷물에 깨끗이 씻다 보니
바닷가 퍼져가는 물결 파장은 어머니의 삶
그물망 바지락은 세상 밖이 싫은지 바스락거린다.

반영

하얀 눈이 덮여 있고
바람이 부는데
내 발걸음은 백사장에 멈춰 서 있네

바다 저 멀리
끊임없이 밀려오는 파도는
모래 위에 지난 추억을 펼쳐놓고 사라지네

그리움으로 우뚝 선 망주봉
백사장 모래 위에 반영을 드리우고
그 모습을 바라보는 내가 싫은지
차가운 겨울바람은 내 옷깃을 파고드네

두 손은 옷깃을 세우고
주머니를 더듬고
모래 위 드리운 그리움의 그림자
행여나 지워질세라 뒷걸음질하네.

그리움에 찾아온 고향

너무 늦지 않았나 싶다
어느새 가슴 가득 채워져가는 삶 속에
그리움으로 다가오는 고향

설렘 가득 안고
고향 땅을 밟아보니
고향 풍경은 너무나도 낯설더라

추억 속에 고향은 흔적 없이 사라졌고
내 눈에 비친 낯선 풍경에 할 말을 잊어버려
난 말할 것이 아무것도 없더라

깨어서 늘 그토록 그리워했건만
내게 다가온 낯선 고향 풍경이
그저 꿈이었으면 좋겠다.

고향의 저녁 8시

어둠이 내리는 고향의 8시
어느 때보다도 무겁게 느껴지는 하루의 시간이다
삶이 무엇인지
나, 누그러진 내 어깨 위에
붉은 노을을 짊어지고 또 다른 내일을 꿈꾼다.

고향의 여름 바다

따가운 햇볕에 스러지는
고향의 여름 바다
그 바다를 가르며 달리는 요트는
흰 물결 일구며 고향의 바다를 누빈다

바다 건너 명사십리 선유도해수욕장
그리움으로 우뚝 선 바위산 망주봉은
나를 보고 무뚝뚝하게 대하니
난 자꾸만 서글퍼진다

나의 가슴에 아직도
고향 풍경이
밤하늘 수많은 별처럼 가득한데
나는 고향 풍경을 바라보며
나를 위로하면서
가슴속 깊이 숨겨진 추억의 책장을 넘긴다.

그리운 산 망주봉

그냥 지나칠까
외면하면 후회할 것 같구나
가던 길을 멈춰서 망주봉 바위에 주저앉는다
그리움으로 우뚝 솟은 망주봉아, 잘 있었느냐?

이렇게 좋은 날
내게 다가온 바위산 망주봉을
내 작은 가슴으로 너를 안고 싶은데
그저 바라만 보는 나는 이제 나그네인가 보다
내 마음에 영원히 잊히지 않는 바위산 망주봉을
나는 물기 어린 눈으로 바라만 본다.

선유봉과 칠산바다

수천 년 세월 속에서
밀물과 썰물의 수탈에도 아랑곳하지 않고
바위산 선유봉은 묵묵히 서 있구나

수백 척 몰려드는 고깃배와
칠산어장 밤바다 불꽃을 상상하는지
그대의 모습에는 그리움이 가득하네

고군산도 남쪽 바다
칠산바다는 은빛 너울을 쓰고 있고
애처로운 선유봉은
칠산바다의 포근함에 살며시 안기네.

외로운 섬 계도

신시도 대각산

북서쪽 바다 외로운 섬 계도

너는 닭 볏을 닮아 계도라 했던가

세찬 바람과 파도

그리고 밀물과 썰물에도 씻기지 않고

출렁이는 파도에 멀미라도 하듯

하얀 포말을 토해내고서

행여 들킬세라 금세 지워버리네.

겨울 똥섬

그 똥섬에 눈이 내리고 있다
차가운 바람과 눈보라에
까칠해진 똥섬
엄마, 새끼 고슴도치를 닮아 보인다

강풍에 흩날리는 하얀 눈
행여 바람에 깨어지지 않을까
노심초사 걱정하는 이내 마음

바람에 실려
내게 훨훨 날아온 흰 눈은
멋쩍은 웃음 띤 내 얼굴에 부딪히고서
나와 작별을 고한다.

PART 4

나의 일상의
글을 옮기다

추억과 사랑

나는 추억을 사랑하리라
저녁노을이 곱게 물들어가는
새만금 방조제에서 고향 선유도를 바라보며
지난 일들을 회상하며 추억을 사랑하리라

너른 백사장에서 친구들과 뛰어놀던 추억
담장 너머로 전해주는 이웃의 따뜻한 사랑
너른 갯벌에서 조개를 잡던 어머니와 고향 사람들
그리고 세월과 함께
기억 저편으로 사라져가는 고향 풍경까지도
난 모두 다 사랑하리라.

바다를 마음에 담아봅니다

나는 바다를 바라보면
지난 추억이 그리움으로 다가온다
흩어진 갯내 모아 숨을 고르고
옛 추억을 회상하며 고향 바다를 헤맨다

밀려오는 파도에 조약돌 구르는 소리는
거친 바다가 파도에 실어 들려주는
나의 지난 '삶' 이야기였고
파도에 씻기어 다듬어진 몽돌은
거친 파도와 세찬 바람에 실어
내 가슴속 깊이 파고들어 내 마음을 가다듬고 있었다
나는 바다를 바라보며 두 팔 벌려 바다를 포옹하고 말았다.

나의 일상의 글 중에서

꿈을 캐는 사람들

눈보라 치는 날에도 갯벌에서 조개를 캐는 사람들이 있었다
그 넓은 갯벌을 호미로 뒤집어가며 꿈을 캐는 사람 중에
내 마음속에 자리한 어머니의 모습도 보이는 듯했다
이제 어머니의 모습은 아련한 꿈으로 남아 있지만
고향 여행길에서 그 모습을 발견하고 그만 발길을 멈췄다
선유도 망주봉과 솔섬 사이의 넓은 갯벌에서
밀물과 썰물이 오고 가면 갯벌로 나서던 어머니의 모습이 떠오른다
넓은 갯벌에서 조개를 캐다 밀물에 밀려 뒷걸음질 치며
조개 하나라도 더 캐려던 어머니
솔섬 넓은 갯벌에 얽힌 추억 속에서 나는
나의 지난날을 발견하였다
나를 포근하게 안아주며 키워준 고향의 풍경과 어머니…
바닷물에, 갯바람에 퉁퉁 부은 어머니의 손과 발
그 모습에 나의 마음은 아리도록 바닷물에 젖어버렸다
살아생전 한 번도 못 해본 말,
그간 가슴에 접어둔 채 응어리가 되어버린 줄 알았는데
마음속으로부터 터져 나오는 그 한마디

"사랑합니다."

"사랑합니다, 어머니!"

나는 부모님이 살아온 고향을 등진 채
다른 삶을 통해 이렇게 살아가고 있는데
오늘도 이렇게 고향의 어머니들은
갯벌에서 꿈을 캐고 있는 것이다.

나의 일상의 글 중에서

그대의 행복

내가 나에게 바라는 것은 그대의 행복입니다
그대가 곁에 있으매
내게 비친 풍경들은 아름다움이었습니다

밀려오는 파도에 모난 돌도 모나지 않은 몽돌로 다듬었듯이
내가 바라는 것은
그대의 삶 속에 행복을 물들일 수 있는
노을이 되고 싶을 뿐입니다.

나의 일상의 글 중에서

나만의 색

붉은 노을은 하루 삶의 종착역이 아닐까
한결같이 한 색으로 붉게 물들이는 채색의 시간
그 아름다운 공간에서 하루를 마무리하는 나는
어떤 색으로 채색할까 고민한다

빨간색 초록색 아니면 노란색
보이는 사물은 같아도 어떤 색으로 칠하느냐에 느낌에 달라지니까
먼 훗날 인생의 뒤안길에서 내가 채색한 시간을 뒤돌아보면
분명 나는 후회할 것이다
좀 더 아름답고 고운 색으로 칠할 걸 그랬나 하면서

솔섬 노을빛 바라보며
나는 나만의 색으로 채색하며
오늘 하루를 마무리하고 싶다
그 누구도 알지 못하는 아름다운 색으로.

나의 일상의 글 중에서

자신과 대화

매일 아침 잠에서 깨어 눈을 뜨면
내가 첫 번째 맞이하는 손님은
바로 자신이다
그 누구보다 가장 소중한 손님인 나
자신의 소중함을 알게 되면 소홀하게 자신을 맞이할 수 없다
오늘부터 매일 자신을 정중하게 맞이하고
내가 느끼는 생각과 감정으로부터 마음을 터놓고
나 자신과 진실한 삶을 이야기하자.

나의 일상의 글 중에서

진실한 마음

누구나 자신의 능력을 과시하지 말아라
자만에 빠져 모든 일을 자신의 능력으로
판단할 수 있다고 착각한다

나 역시 그 생각을 부정하고 싶지는 않다
하지만 나 자신을 믿듯이 그 무엇도 믿고 싶다
그러나 겸손한 마음만이 자만을 견제할 수 있다

그 진실한 마음은
바로 내 앞 바위에 세워진 등대와 같으니

등대의 불빛이 항로를 잃은 선박을 안내하듯
그 불빛 또한 내 마음에 대한 응답이기 때문이니까.

나의 일상의 글 중에서

그곳에서 마음을 비우고 싶다

그곳에 가고 싶다
갯내음이 가득한 그곳에 가고 싶다
눈 부신 햇살이 쏟아지는 금빛 바다를 바라보며
아픈 마음을 치유하고자 나 여기 비응항을 찾았다
이곳에서 먼지 털어내듯 툴툴 털어내며 마음을 비우고 싶다

수평선 저 멀리
바다에서 불어오는 봄바람과 함께 실려 온 상큼한 갯내음
그리고 나의 시선에 머문 고향을 바라보면서
풍경과 향기로 상처로 얼룩진 나의 마음을 치유하고
환한 미소 지으며 발길을 돌린다.

나의 일상의 글 중에서

풍경 속의 추억

노을빛 가득한 풍경 저편에
나의 옛 과거가 숨어 있습니다
풍경을 바라보는 순간 먼 과거 속으로
시간 여행을 하고 돌아온 것 같은 나
그 삶의 추억은 이제 내 마음속 텃밭에
추억이란 씨앗을 뿌립니다
그리고 새로운 삶으로 돋아난 새싹을
소중하게 키우렵니다
행복한 삶으로
또 다른 아름다운 추억으로
소중히 간직하렵니다.

나의 일상의 글 중에서

바람과 추억

수평선 멀리 저녁노을 지고
어둠이 내리는 바다 저 끝 수평선을 바라본다
인생은 울고 왔다가 웃고 간다고 하지 않던가
그때 나는 왜 모르고 지나쳤던가
인제야 난 바람이 전해주는 훈훈한 이야기를 듣는다
조용한 바닷가에서 숨소리조차 죽이고 눈을 지그시 감고
나는 바람이 전해주는 추억의 이야기를 듣는다.

나의 일상의 글 중에서

소중한 하루

그냥 구름처럼 흘러가는 것은 아닌지 불안한 마음에
그 하루를 붙잡아두고 싶다
멈춰 세울 수만 있다면 세워두고 싶은 하루
그 하루를 나는 어제처럼 보내고 싶지는 않다
저 맑은 하늘에 두둥실 떠가는 새털구름처럼
많은 하루가 흘러갔는데
오늘 저 하늘 맑고 깨끗한 구름을 바라보니
오늘만큼은 내 작은 가슴으로 하루를 안고 싶다.

나의 일상의 글 중에서

가슴으로 하루를 안고 싶다

기분까지 좋아지는 풍경이다

내 작은 가슴으로 금강의 가을을 안고 싶다

하루를 살다 보면 짜증스러운 일도 있지만

이렇게 아름다운 풍경을 보면

하루를 멈춰 세우고 싶은 마음이다

오늘 하루를 어제처럼 보내고 싶지 않기에

난 오늘이 두렵다

하루를 그냥 보낸다면 후회할 것 같아

금강의 아름다운 풍경 앞에 그 하루를 멈춰 세워

잠시라도 오늘 하루를 가슴으로 안고 싶을 뿐이다.

나의 일상의 글 중에서

가을 향기를 전해주고 싶었는데

가을 향기를 가득 안고
나는 나의 친구인 바다를 찾았다
친구에게 가을 향기를 전해주고 싶어
바닷가를 찾아 친구의 이름을 부르노라

하늘까지 닿을 듯한
먼 수평선 노을빛
보아라, 친구여!
서럽지 않은가
설움에 복받쳐 친구는 붉은 눈물을 흘리고 있구나

친구의 눈물은 내 마음을 아프게 하였고
나 또한 노을빛 바라보며 슬픔에 잠긴다
친구 바다야
내가 너를 슬프게 했나 보다

난 친구에게 가을 향기를 전해주고 싶었을 뿐이란다
난 하늘을 나는 갈매기 따라
친구 그대의 품에 안기리니 슬퍼하지 말아라.

나의 일상의 글 중에서

가을 속에 묻고 싶은 아픈 추억

떨어지는 낙엽이 바람에 날려
나의 발끝에서 부서진다
가을 속에 묻고 싶은 지난 아픈 추억들을
떨치지 못하고 나의 마음에 남아 있다

오늘도 이런저런 생각만으로도 내 마음은 복잡한데
텅 빈 내 안을 자유로이 들락거리는 찬 바람은
어느새 내 가슴속에 낙엽을 수북하게 쌓아놓는다

나는 그 쌓인 낙엽으로
나의 지난 아픈 추억의 발자국을 지우려 애써보지만
계절의 끝자락에 선 나에게
가을은 쓸쓸함과 허전함을 전해주고서
찬 바람은 적상산 능선을 따라 길을 떠난다.

나의 일상의 글 중에서

190

최고의 선물

가을은 나에게 아낌없이 내어줍니다
나는 그 가을을 품에 안을 수 있어 너무도 행복합니다

가을빛에 곱게 물든 단풍잎
덤으로 주는 호수 위의 반영
가을이 나에게 주는 아름다움을 바라보며
나는 위로받고 싶습니다

그리고 푸른 하늘과 오색으로 채색된 단풍잎을 모아
외로운 내 마음을 꾸미고 싶습니다

가을, 그 안에 내가 있어
가을은 나의 아름다운 추억이 되었고
나는 내 인생의 삶을 비판하고 있지는 않은지 부끄럽습니다
알고 보니 가을은 자연이 나에게 준 최고의 선물이었습니다.

나의 일상의 글 중에서

단풍잎에 비친 추억

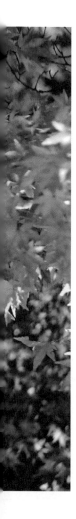

가을날 한 줄기 바람에 힘없이 떨어지는 예쁜 단풍잎
그 단풍잎 바람에 흩날리어 내 발끝에 머무르는 그 순간
지난날 여정 뒤돌아보는 동화 같은 추억으로 나를 인도하네
시간과 공간 사이를 헤매는 희미한 추억들은
잠시 내 곁에 머물다 아름다운 기억에서 사라질 때
나의 마음은 침묵으로 다가온다
가을 햇살 사이로 비친 고운 단풍잎의 무늬 지워질라 숨죽이고
어디선가 불어오는 가을 찬 바람에 파르르 떨구는 단풍잎 하나
나는 그 잎새 하나 주워 돌아와 책 사이에 고이 접었네.

나의 일상의 글 중에서

아쉬움이 많은 가을을 보내면서

가을 숨결조차 느끼기 전에
계절은 어느새 겨울 문턱에 서성이고 있다
가을 끝자락에 다가선 겨울
그 겨울은 가을을 배웅하고 있었다

잡다한 생각으로 고민하는 나를 무시한다
그 고민의 흔적, 열쇠를 풀지 못한 나에게
가을은 아쉬움을 남겨두고 떠나려 한다
이렇게 내게는 또 다른 계절, 겨울이 찾아온 것이다

어찌하면 좋을까?
가을에 풀지 못한 나의 고민을 내려놓고
겨울을 맞이할 것인가
못내 나는 세월의 무게를 견디지 못하고
슬그머니 가을을 보내려 한다

어디선가 불어오는 찬 바람은 나를 꿈틀거리게 한다
마음속에 물처럼 흐르는 지난 가을날의 추억들을
이젠 추억이란 앨범 속에 한 장의 사진으로 꽂아놓고서
나는 이렇게 가을의 뒤안길을 쓸쓸히 걸으며

겨울을 맞이하고 있었다.

나의 일상의 글 중에서

새로운 계절을 맞이하면서

계절을 버리고 가는 내 뒤안길이 왠지 허전하다
짙푸른 하늘과 작열하는 태양은
지난 세월의 무게를 지탱할 수 없어
따가운 햇볕에 의지한 채
내 삶을 대지 위에 살며시 내려놓는다
새롭게 시작되는 계절을 마음으로부터 허락하고
그 모두를 끌어안고서
새로운 계절을 맞이하며 또 하루를 시작한다.

나의 일상의 글 중에서

연인 같은 산

수많은 사람의 오르내림에 아픔을 주었지만
나를 마중 나와 반가이 맞이하는 산
나의 아픔을 알아차리고 나를 위안하는 산
그 산이 오늘은 나에게 하얀 손을 내민다
임의 고통은 뒤로하고
나의 아픔을 포근하게 감싸주는 당신은 나의 연인
강한 바람과 눈보라에 설산으로 다가온 당신을 바라보고
난 그때야 계절의 바뀜을 알아차리고서
이제야 당신 앞에서 내 인생의 삶을 당신과 이야기합니다.

나의 일상의 글 중에서

눈이 내린다

함박눈이 내린다
잿빛 하늘은 능선을 숨기고
오서산은 서서히 내게 설산으로 다가온다

가파른 계단을 오르고 또 오르니
내 앞에 다가선 순백의 세상
그 속 깊은 기다림이 있었기에
오서산은 능선을 숨긴 채
저리도 하얀 순백의 꽃을 피워냈구나

하얀 꽃 갈대는 허리를 낮추며 나를 반기고
진달래 가지에 살며시 내린 눈은
하얀 눈꽃으로 피어나
순백의 세상으로 나를 미소 짓게 한다

그 하얀 설원 위에 내 마음을 내려놓고
나는 설산 오서산 정상을 말없이 바라본다

능선을 타고 불어오는 매서운 바람에

가슴을 웅크린 채 옷깃을 세우고
행여 순백으로 물든 내 마음이
매서운 겨울바람에 흩날릴까 봐

설산 위에 내려놓은 나의 마음을
조심스레 고이 접어놓고서
그 매서운 겨울바람을 외면하고 만다

순백의 설산으로 내게 다가온 오서산
나는 오늘 그 정상에 서서 나의 삶을 이야기한다.

나의 일상의 글 중에서

삶의 짐

나는 나를 깨운다
그리고 어둠 속에 갇힌 나를 깨어 끌어안는다
그간 내 마음은 어둠 속에 갇혀
오랜 세월을 거부한 채 세상을 외면했다
그런 나는 나를 깨워 나를 끌어안는다
삶의 의미란 단순히 바라보는 것이 아니라
나 스스로 만들어가는 것이라 생각한다

혼자서 짊어지려 꾸려진 세월 속 아픔의 짐
그 가슴 아픈 짐을 끌어안고
나는 어둠 속의 긴 터널을 나서려 한다
분명 세상 떠나는 날 내려놓고 갈 수밖에 없는
그 아픈 세월의 짐
나는 두 어깨에 짊어지고 세상을 향해
한 걸음 한 걸음 다가선다
홀가분한 마음으로 길을 나서도 되련만
나는 그 아픈 세월의 짐을 지고 오늘도 걷는다.

나의 일상의 글 중에서

무심한 세월

요즘 내 삶을 나는 침묵으로 일관한다
가을을 좋아하면서 외로움을 많이 타는 나
이제 그 가을과의 이별을 예고한다

세속의 하루하루 삶을 통해서
이제야 삶의 소중함을
하나하나 알아가는 나
나는 나의 꿈을 이루기 위해
무작정 세월을 붙잡아두고 싶다

나는 꿈도 아닌 현실 속의 아름다운 풍경을 마주하고
깊어가는 가을날 붉게 물든 저녁노을을 바라보며
흘러가는 그 세월을 붙잡아두려고 애원해보건만
세월은 무심하게 흘러만 간다.

나의 일상의 글 중에서

내 삶이 힘들면 여행을 떠나라

나를 지탱해주는 삶 그리고 나를 사랑하는 사람
그 모두가 얼마나 소중한 줄을 모르고
매일 반복되는 삶이 싫어 가끔은 일상에서 이탈하고 싶을 때가 있다
그럴 때 누구나 자신을 변화시키고 싶어 한다
어제의 삶의 무게가 있기에 오늘의 삶으로 이어짐을 모르고
하루하루 주어진 삶의 소중함을 잠시 잊지 않았나 싶다

하지만 자신의 현 상황이 어려우면 우선
가족과 주변 사람들에게 질문을 던져라
그리고 나에게 충고하는 말을 귀담아 들어라
또 내 눈높이를 낮추면 그 해답은 아주 가까이에 있다

만약, 그 해답을 찾지 못했다면
일상생활을 잠시 멈추고 시간을 내어 여행을 떠나보라
일상의 공간과 다른 환경에서 혼자 생각하고
무엇이 문제인지 생각해보면서
내가 현재 처한 문제에 접근하는 것도 좋은 방법이다
자기 삶의 방법을 변화시켜야 문제 해결에 접근한다

나 역시 한때 사업에 실패하며 좌절을 겪었던 시기도 있었다
나는 나만의 방법으로 위기에서 탈출하는 데 성공했다
혼자만의 시간과 공간에서 나와 대화하며 문제에 접근했다
그 방법은 자연에서 찾았다
매주 주말, 산행하면서 5년 동안 자연과 함께하며
새로운 긍정의 에너지를 얻었고
일상으로 돌아와 힘들 때면
산행하며 나와의 약속을 지키려고 노력했다

나와의 약속은

첫째는 실패를 인정하는 것이다

둘째는 나의 약점을 극복하고 장점을 부각하는 것이다

셋째는 남의 말에 귀기울이는 것이다

넷째는 나 자신 그리고 시간과 타협하지 않는 것이다

마지막, 다섯째는 나 자신 그리고 가족과의 약속을 지키는 것이다

나는 어떤 경우라도 이것만은 지키며 살려고 노력했다

실천은 나와 가족의 사랑이고

결과는 새로운 출발로 이어지는 아름다운 '삶'이다

누구에게나 시간은 공평하고

최고의 하루가 있기에 행복한 삶은 잠깐의 휴식에서 시작된다

나는 나 자신을 변화시키는 좋은 습관을 산행에서 찾았다

그렇다면 당신은 삶의 성공은 어디에서 찾고 싶은가

나와 생각이 같다면

일상의 생활을 잠시 내려놓고 무작정 여행을 떠나라.

나의 일상의 글 중에서

하늬바람에 돛단배

1판 1쇄 발행 2022년 10월 24일

저자 이광옥

교정 윤혜원 **편집** 김다인
마케팅 박가영 **총괄** 신선미

펴낸곳 하움출판사 **펴낸이** 문현광

이메일 haum1000@naver.com **홈페이지** haum.kr
블로그 blog.naver.com/haum1000 **인스타그램** @haum1007

ISBN 979-11-6440-223-6(03810)